CE LIVRE APPARTIENT À

HALLOWEEN

COLORIAGES

HALLOWEEN

PIRATE

JEUX DES OMBRES

JE RELIE CHAQUE IMAGE AVEC SON OMBRE

RIP
RIP
RIP
TRICK or TREAT

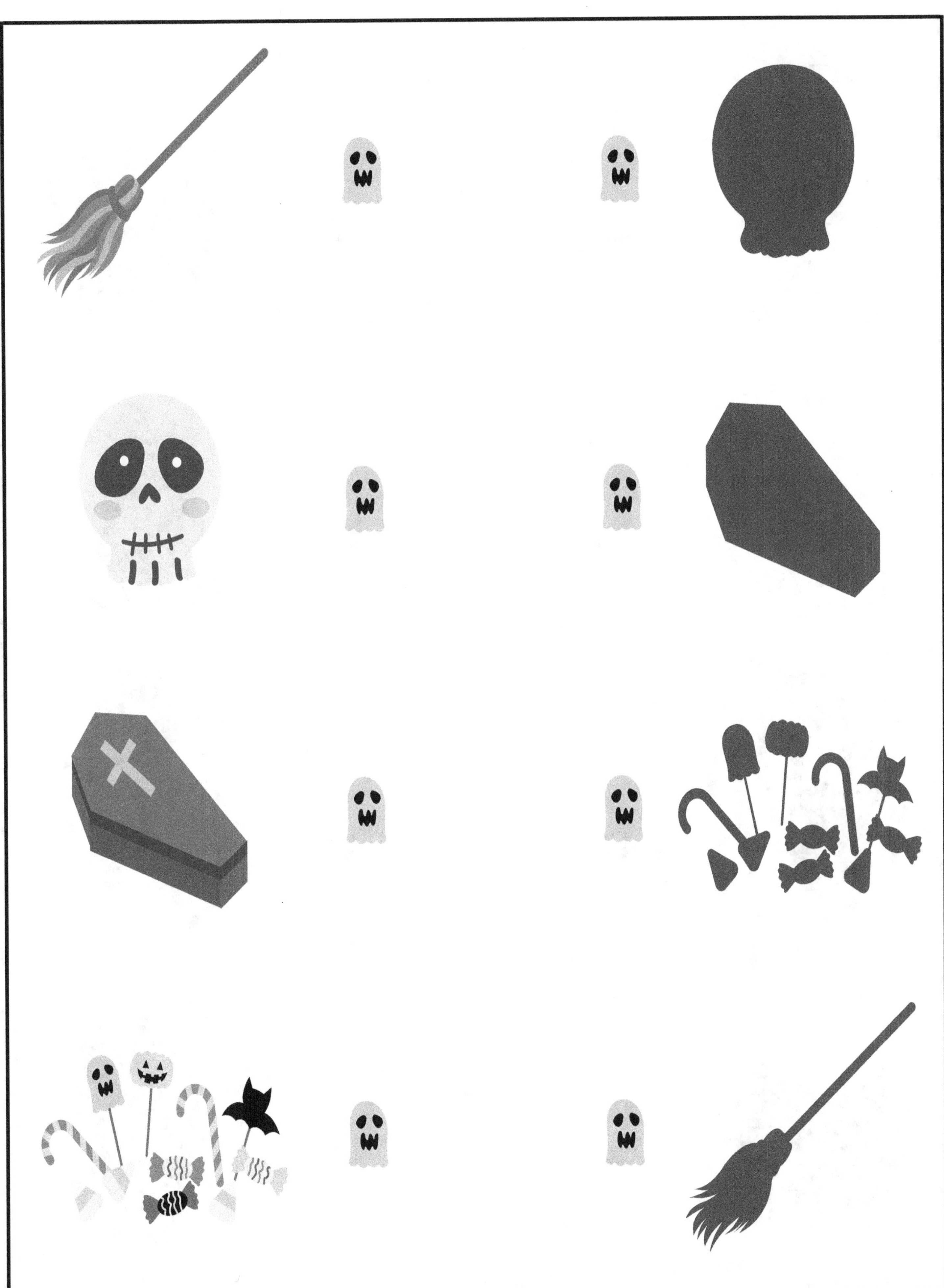

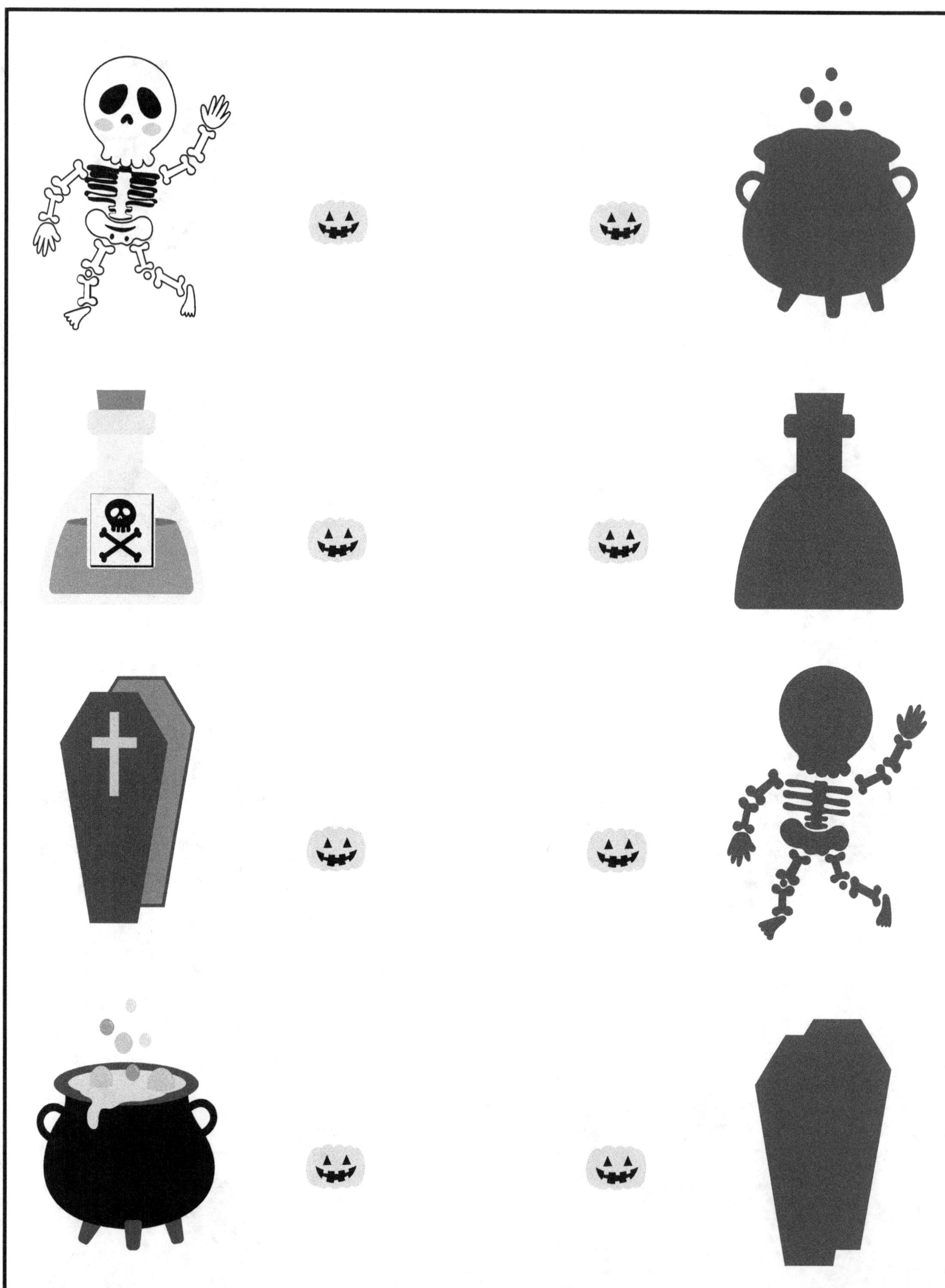

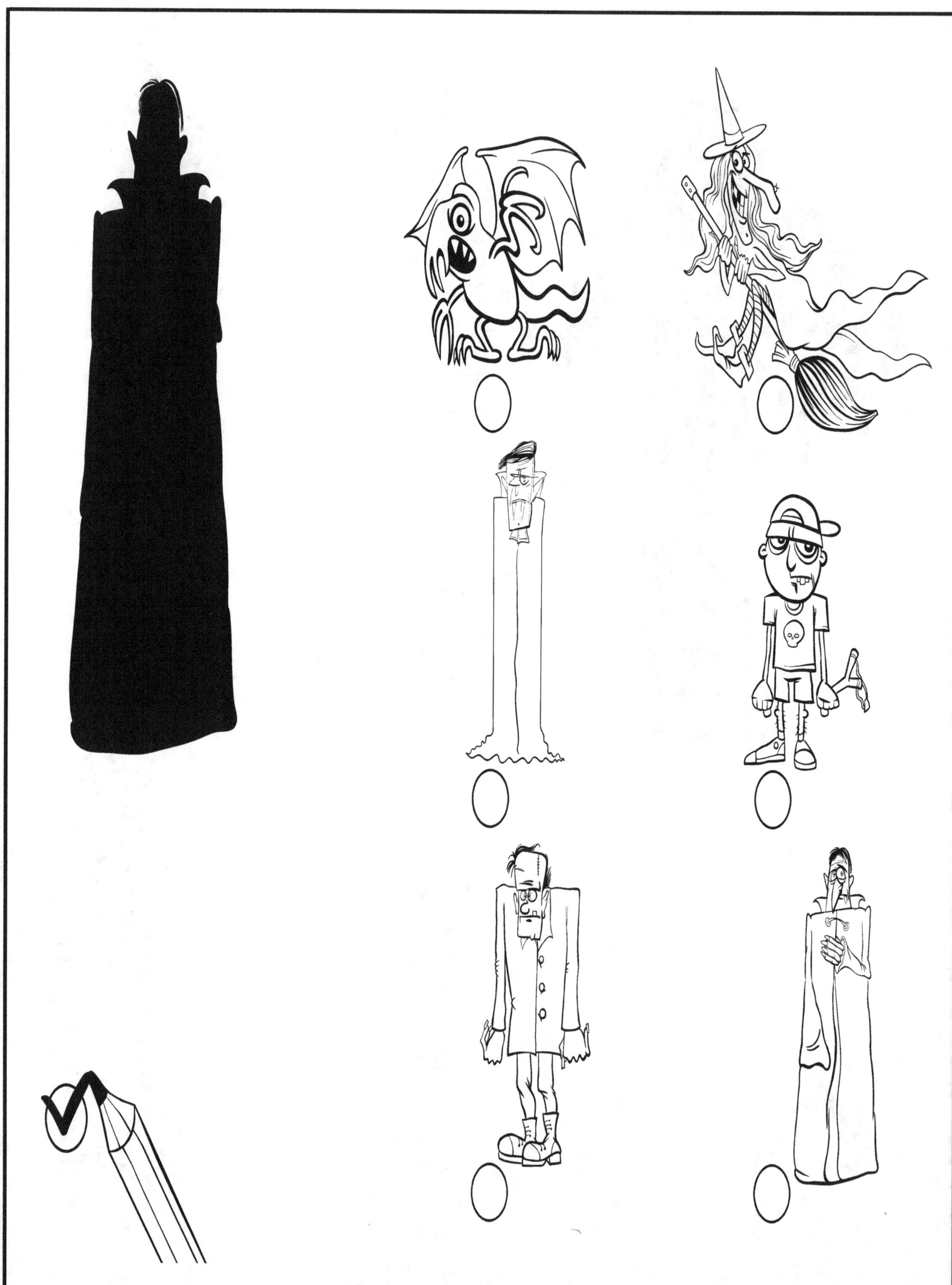

POINTS À RELIER

JE RELIE LES POINTS DANS L'ORDRE

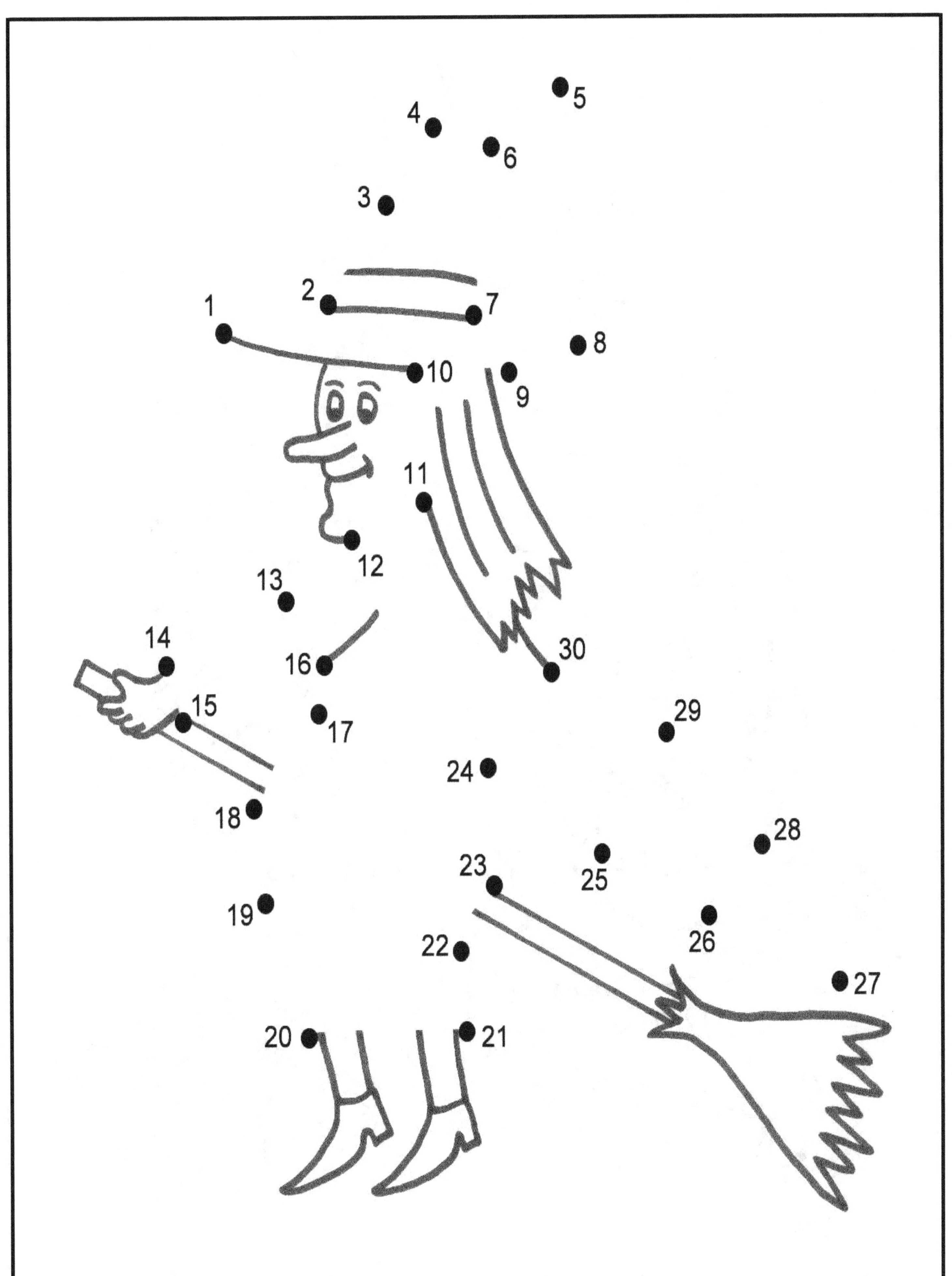

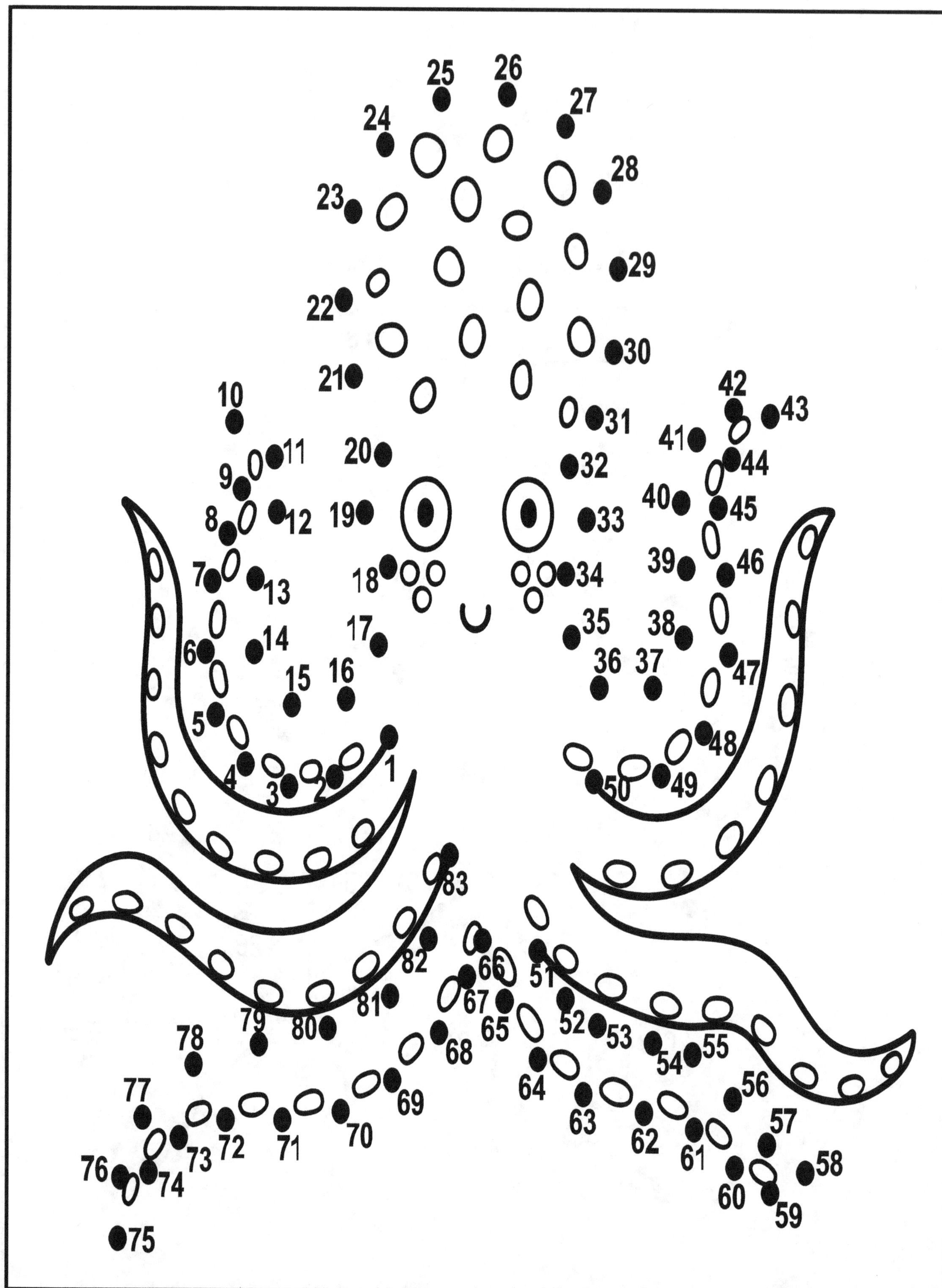

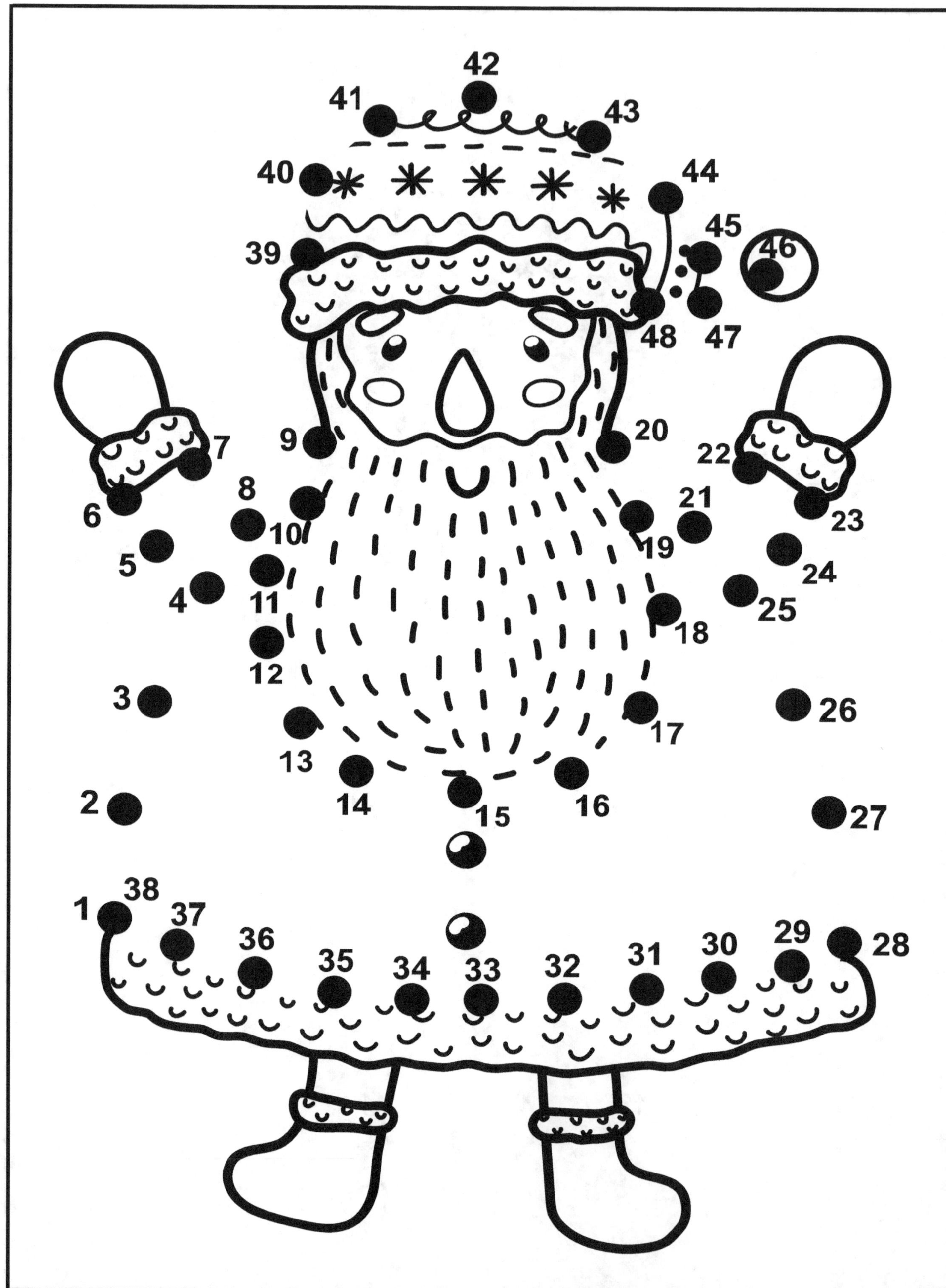

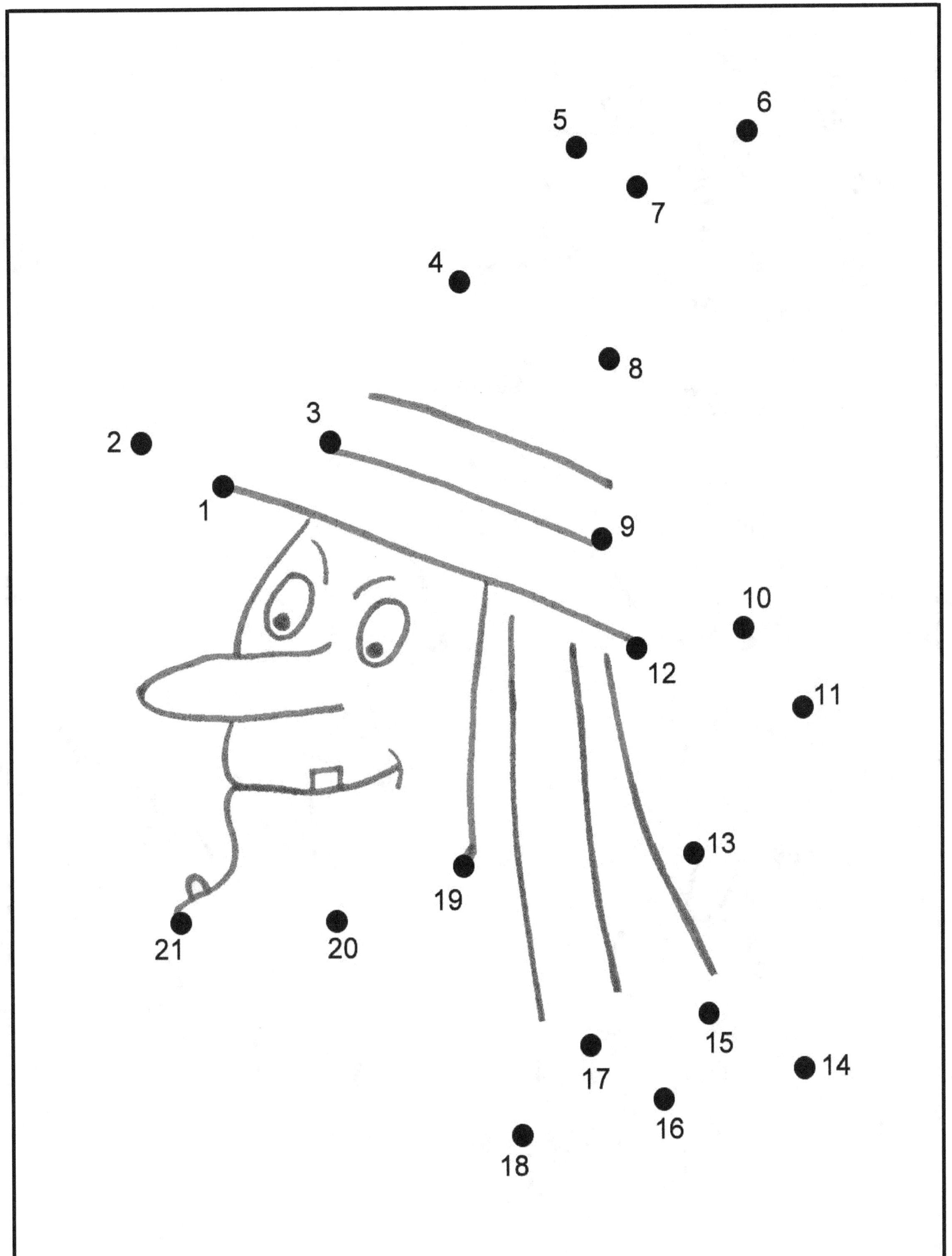

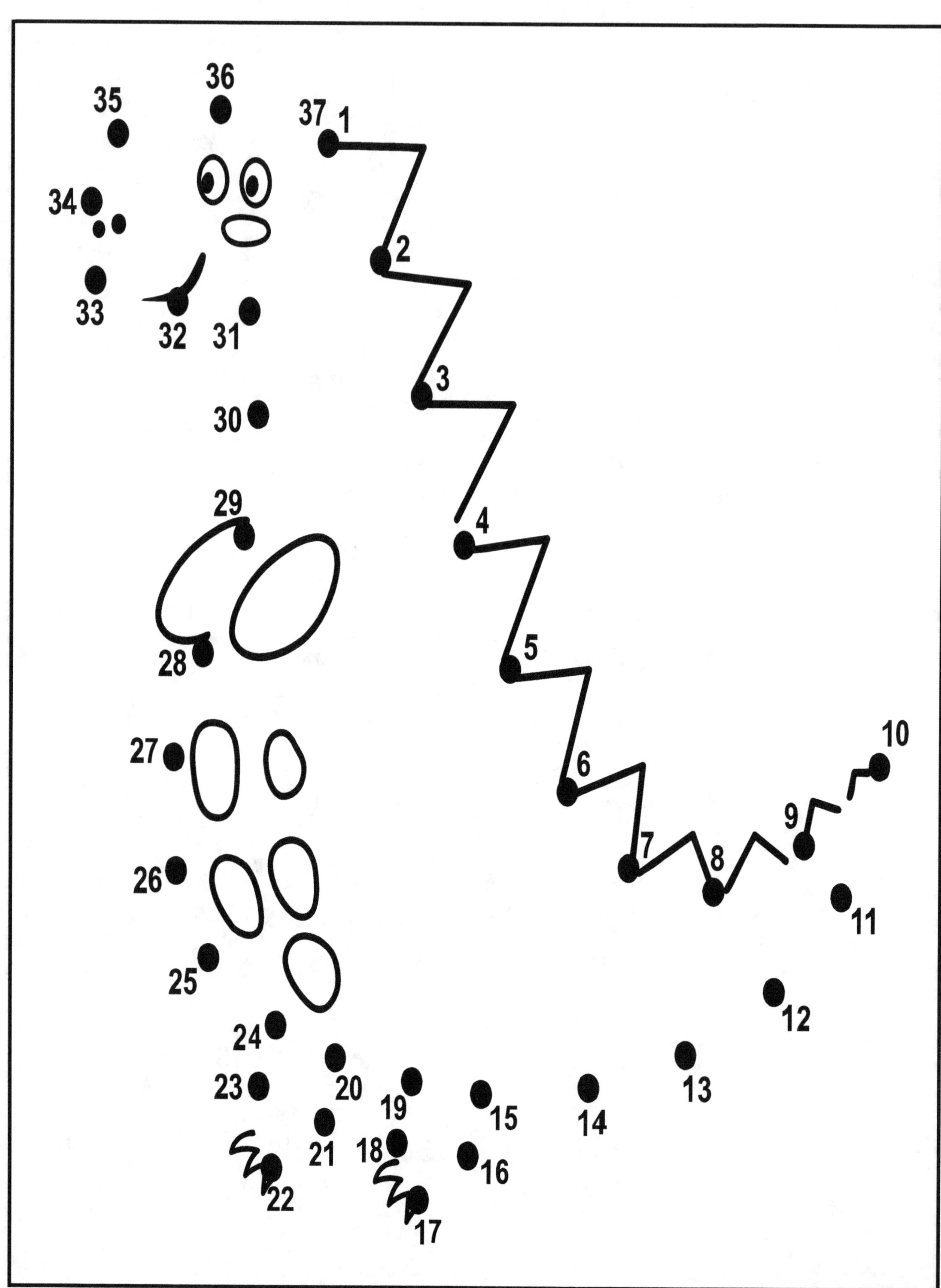

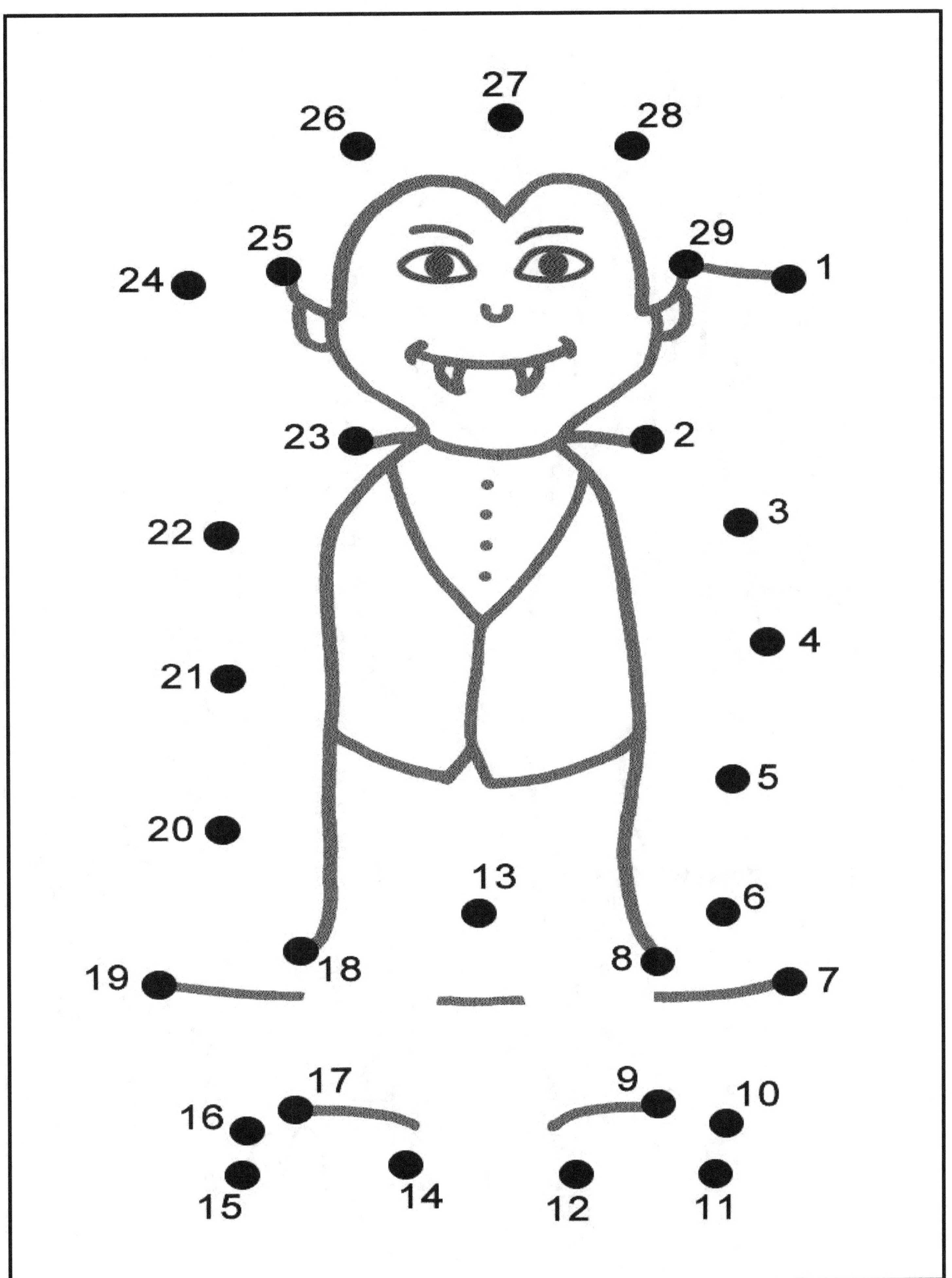

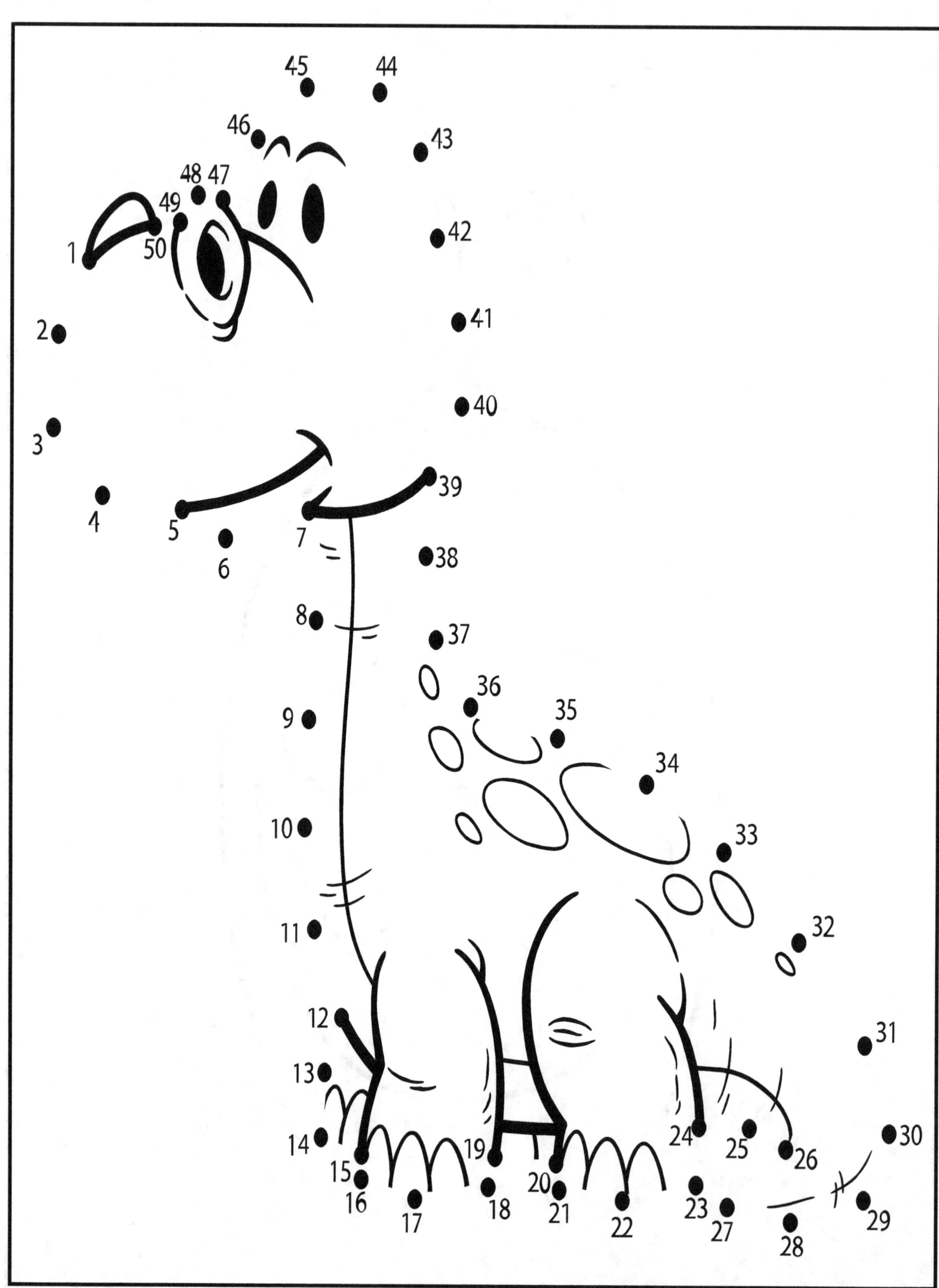

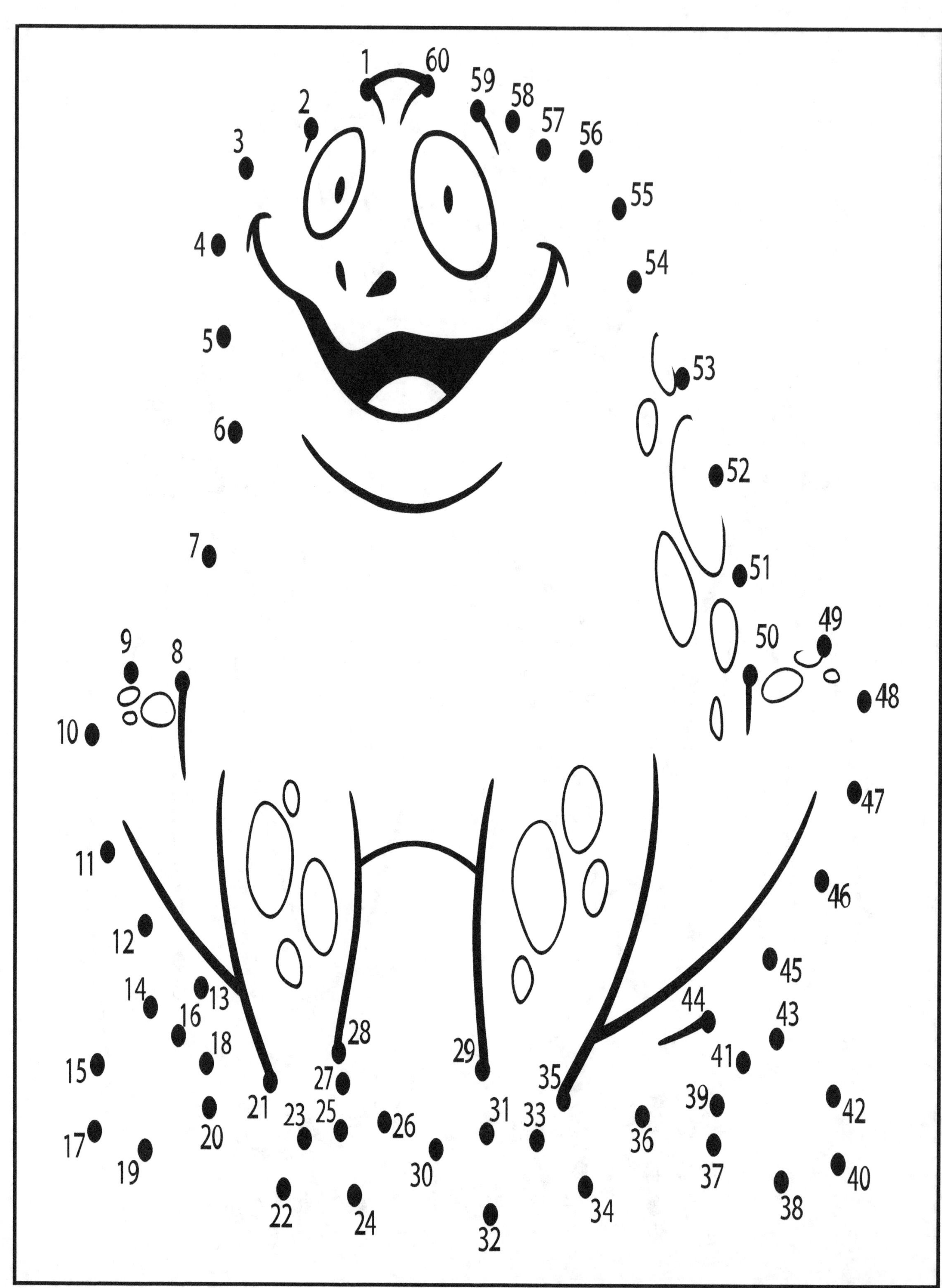

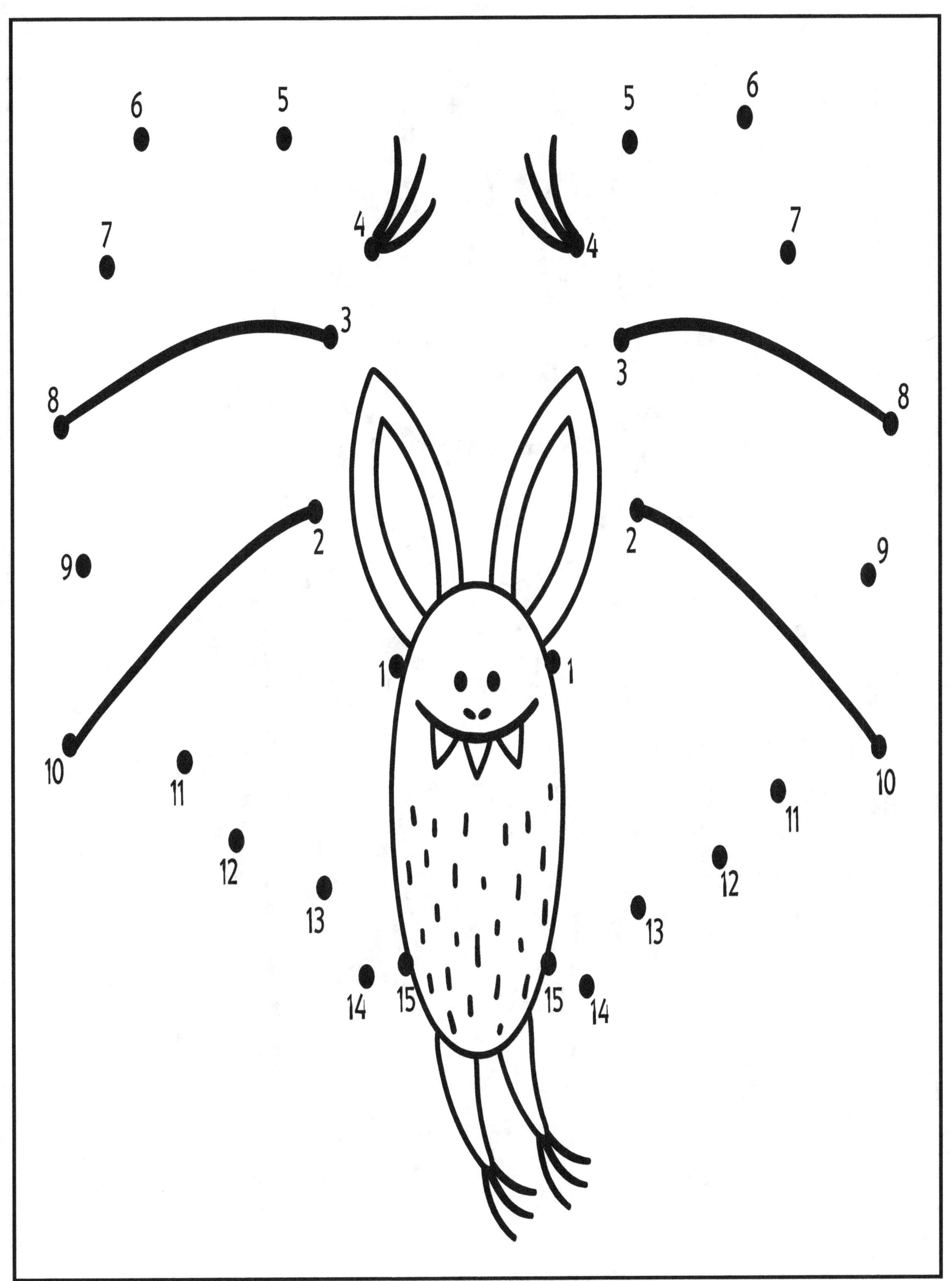

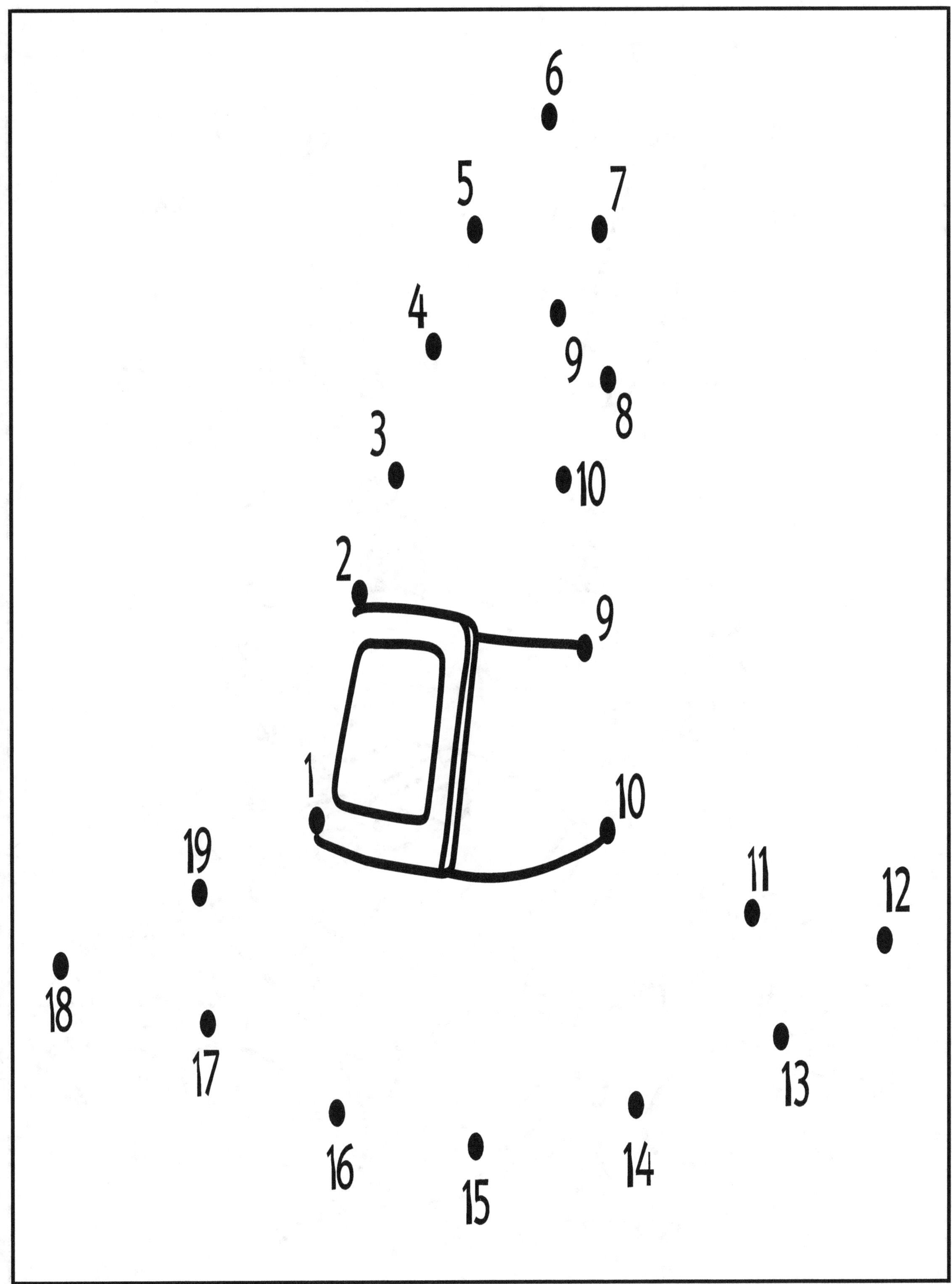

6
5
7
4
9
8
3
10
2
9
1
10
19
11
12
18
17
13
16
14
15

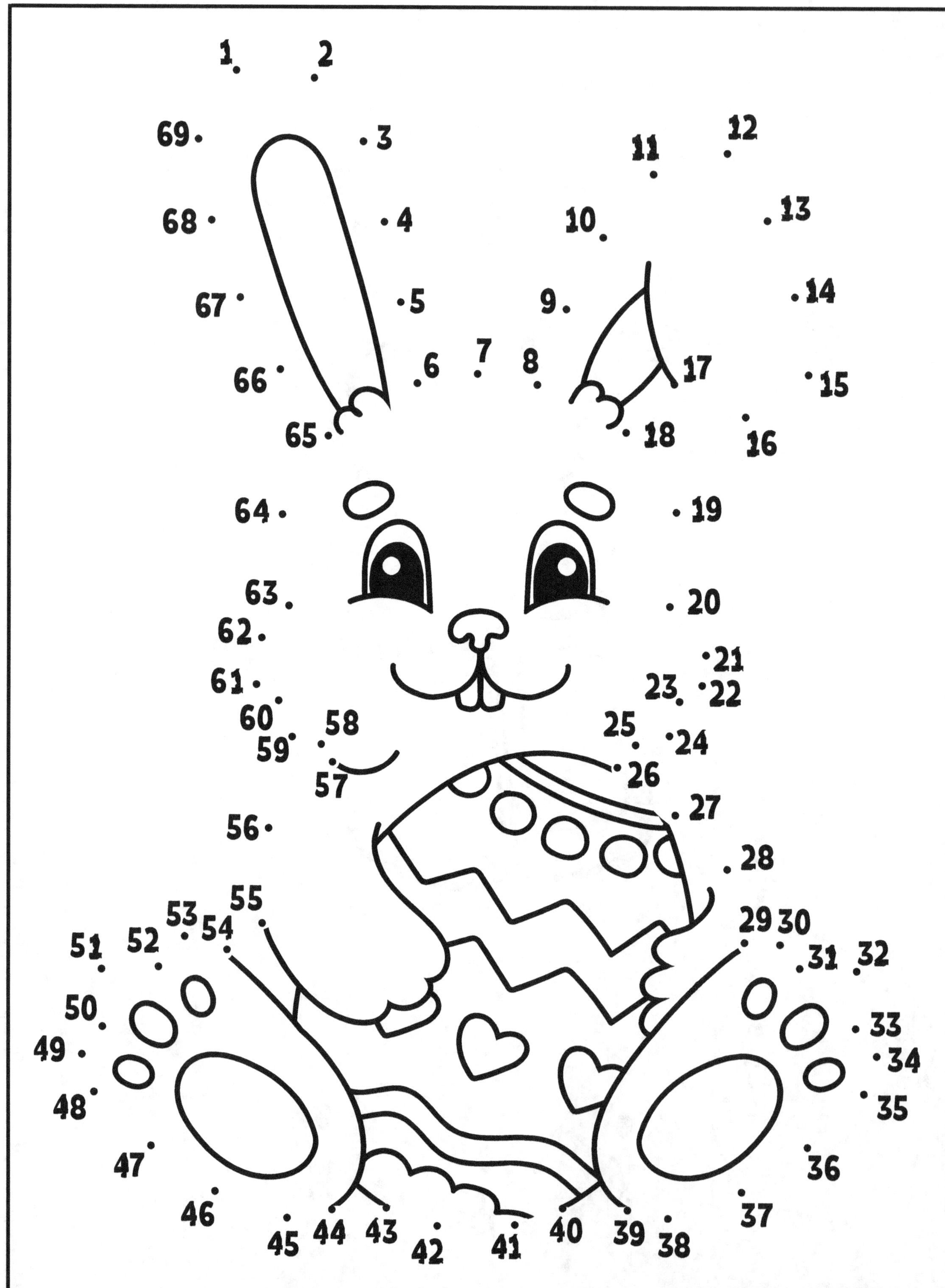

LABYRINTHES

JE RÉSOUS

A
B
C

JEUX

DES DIFFÉRENCES

JE TROUVE

LES 7 DIFFÉRENCES

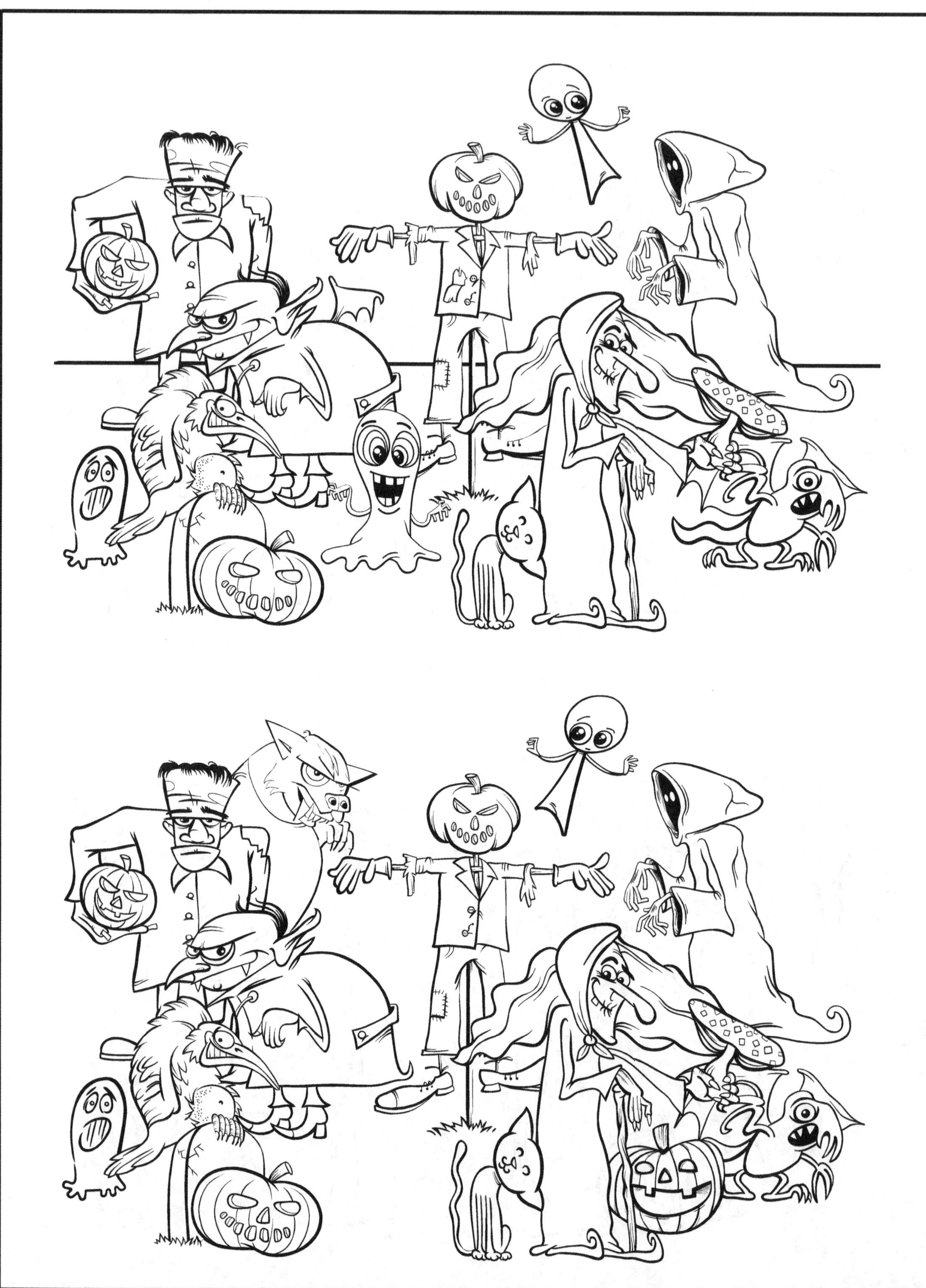